SV

Wolfgang Koeppen

Ich bin gern in Venedig warum

Suhrkamp Verlag

Erste Auflage 1994

Druck: Nomos Verlagsgesellschaft, Baden-Baden
Printed in Germany

Ich bin gern in Venedig warum

Die Bahn kommt wie ein Schiff

Ankunft

Ich komme immer zu früh, ich habe mein ganzes Leben lang darunter gelitten, daß ich zu früh komme. Schon in der Schule war ich immer zu früh vor dem Anfang des Unterrichts da. Zu allen Verabredungen komme ich zu früh, zu Zügen komme ich zu früh, dann komme ich an und dann stehe ich da und es ist eigentlich nichts.

Jedesmal wenn ich angekommen bin, ein Augenblick von Glück. Allerdings war immer schönes Wetter. Die Kirche strahlte – man denkt, man fährt mit einer Gondel vor, all das ergab sich dann nicht. Aber doch schön es zu träumen.

Auf dem Canal: Fahrt vom Bahnhof zum Rialto

Das ist der Palazzo Vendramin-Calergi und da steht dieser Satz: Non nobis Domine – steht

gemeißelt am Palazzo Vendramin-Calergi, wo Wagner weltberühmt starb. Und wie qualvoll wars in seiner Todesstunde, überall die Drehorgel zu hören, mit der Musik Verdis, den alle liebten und alle ins Herz geschlossen hatten.
Wie oft ich komme, mit der Eisenbahn über den Damm, durch die gleißende Lagune, im Zug Paris–Venedig, München–Venedig, Rom–Venedig, zu Schiff von der Adria, von den Tempeln, von den Säulen, von den Göttern, den Inseln der lieben Mediterranee. Venedig lockt, fängt ein, verführt mit seinem Licht, seiner Wasserluft, der Geisterluft.

Die Geschichten aus seiner Geschichte sind ein altes Entzücken. Bleiben ein junges Entzücken. Es ist wieder erreicht. Der Reisende wird aus der Bahn geworfen. Er ist an Land gesprungen, des Abenteuers gewiß. Das Volk vor dem Bahnhof.

Ein sehr vertrautes, nie vergessenes Bild: der breite Kanal vor dem Bahnhof und auf seinen Wellen die ewige Regatta nach dem unbekannten Ziel jeder Stunde, ein gelungenes Plakat aus den Reisebüros der Welt. Das Wasser selbst die Kraft und der Atem Venedigs. Und schon die Brücke, über die sie alle gegangen sind, von denen ich in Büchern gelesen habe.
Rialto, die Treppe des Shylock. Wie sehr Shakespeare, der nie in Venedig gewesen ist, das gesehen hat. Ich sehe Shylock, die vielen Inszenierungen, die ich besucht habe, und früher wurde er zu einer grausamen Figur, dann zu einer Mitleidsfigur. Kortner machte ihn zu einem Rächer.

Dort die Kirchen, in die sie sich flüchteten vor dem Tag, vor der Nacht, vor den Geschäften und vor ihren Lüsten, vor der Liebe, die quälte, der Untreue, die nicht befreite, vor dem Tod, der allein feststand in so viel Unsicherheit, ob nun der Priester sie getröstet hatte oder verdammt. Die Sonne, der Mond und die Sterne gehen auf und unter in diesem schillernden tiefen Spiegel des Wasserlebens. Goethe kam im Boot von der Brenta, betrachtete die Biberstadt, wie er ins Tagebuch schrieb, mit einem stillen, feinen Auge, freute sich ihrer großen Existenz und eilte, nur den Himmelsgegenden vertrauend, ins Labyrinth, das sein Herz mächtig schlagen ließ.

Zu einem Roman

Hotel Rialto

Hier stieg ich aus, hier landete ich zum ersten Mal in Venedig. Die Sonne brannte. Ich nahm mir ein Zimmer und erlebte das Leben, wie es hier war, den Alltag. Und auf der Brücke sah ich Shylock und den unbedarften Antonio, den Kaufmann von Venedig. Die Zeit der Morde war noch nicht gekommen. Ich wartete auf ein Mädchen. Das Mädchen kam. Wir hatten ein schönes Zimmer. Wir konnten uns nicht sattsehen an dieser Brücke, an dem großen Kanal. Wir holten uns Wein vom Fischmarkt, billigen Wein. Das Mädchen verschwand. Ich hatte mein Geld ausgegeben. Ich wohnte in diesem Hotel und konnte nicht bezahlen.

Ich wäre in das Hotel Rialto, so wie es heute ist, mit Neonschrift und Bierbar und Pizzeria unten, nie hineingegangen und hätte nie um ein Zimmer gebeten. Damals war es noch ganz romantisch, man konnte sich noch vorstellen, daß Goethe dort abgestiegen wäre oder Winckelmann oder Hugo von Hofmannsthal. Es war ein ganz anderes Venedig. Es war noch ein Venedig ohne das Heer der Touristen.

Ich habe nach vorn heraus gewohnt, und alle hatten wir ja große Hoffnung und ich dachte: Mein Geld wird reichen, der Wirt dachte: Der hat Geld. Nun, es war alles sehr schön, und dann wurde es sehr ernst, aber der Wirt war nett und ich bin lebend und unverhaftet aus dem Haus und aus Venedig hinausgekommen. Und der Wirt hat auch sein Geld bekommen.

Mir ging das Geld aus. Das war so: In Deutschland war der Nationalsozialismus ausgebrochen, und es herrschten ganz strenge Devisenbestimmungen. Man durfte nur 100 oder 200 Mark allenfalls mit auf Reisen nehmen, und ich war schon lange auf Reisen, bin in Sizilien gewesen und so hier gelandet und hatte nur noch wenig Geld, hoffte, daß mir aus Deutschland Geld geschickt würde von meinem Verleger, von Cassirer, aber das Geld konnte nicht geschickt werden wegen der Devisenbestimmungen, außerdem war Cassirer Jude, er hatte besondere Schwierigkeiten. Das Geld kam nicht an, und ich saß hier völlig blank und hungerte, bis der Wirt es merkte. Und dann bot er mir an, ich könnte ja bei ihm essen. Er sagte nicht: Sie müssen ausziehen, wenn Sie kein Geld haben, sondern er sagte, ich könnte bei ihm essen. Ich wagte dies nur einmal am Tag, entweder mittags oder abends, wahrzunehmen. Es war damals ein Luxusrestaurant. Da gab es besondere Fischspeisen und Garnelen und Scampi, und ich aß die auch sehr gerne. Sie waren sehr teuer, und meine Rechnung stieg und stieg, sonst aber, außer dieser Mahlzeit, hatte ich nichts zu essen. Nicht eine Scheibe Brot konnte ich mir leisten, keinen Kaffee. Nichts, gar nichts. Bis dann das Geld kam, da habe ich den Wirt eingeladen. Wir haben zusammen gespeist, ich zahlte, mein Geld war schon wieder weg, aber ich konnte doch noch abreisen. Es wurde dann der Schauplatz, einer der Schauplätze, die Anregung für meinen Roman *Eine unglückliche Liebe*, den ich hier angefangen und in Berlin vollendet habe.

Das Glück der Melancholie zu kleinen Preisen

Vor dem Café ›Cavallo‹

Ein Beispiel der Zeit, wie sie vergeht: Ein Café, wo man sich wohlfühlte. Nach zehn Jahren kommt man zurück. Es ist wie eine Vorhölle. Eine kleine Vorhölle. Und man denkt, sie ist für einen selbst bestimmt, und es kommt der entsetzliche Gedanke, man müßte hier täglich hineingehen. Es ist alles geweißt, es ist blank, es ist sauber, der Kaffee kommt aus der Automatik. Das Telefon verfolgt einen, man wird traurig und läßt den Capuccino am Ende stehen, man zahlt und geht.

Die vielen kleinen Bars in Venedig, die man in jeder Straße findet, ich liebe sie sehr. Die ganze Stadt riecht morgens zwischen 8 und 9 nach schwarz gebrannten Espressobohnen und nach irgendeinem süßlichen Likör von

Strega oder einem anderen Produzenten. Und abends zwischen 7 und 8 ist es das gleiche, oder zwischen 6 und 7. Die Venezianer gehen hinein, vor ihrer Arbeit, um sich zu stärken, das Entsetzliche der Langeweile des Arbeitstages zu überwinden, damit sie überhaupt hingehen. Und am Abend ist es das gleiche. Da schützen sie sich mit einem Espresso, mit einem Schnaps vor ihren Familien, vor ihrer Frau, ihren Kindern. Und ich sehe sie in das Café gehen, in die Bar gehen. Aus der Bar kommen, als tragische Figuren, die meine große Sympathie haben.

In den engen Gassen Venedigs sind wir mitten im Gedränge einer Menge, die, bevor sie schlafen geht, durch die Stadt eilt, von der Arbeit weg zum Bett hin, unterwegs die Einkäufe besorgt, ein wildes Leben eigentlich, und ich freue mich immer wieder, die Einsamkeit in der Menge zu genießen.

Gott hat viele Häuser in Venedig

Die vielen Kirchen in dieser Stadt. Venedig muß ungeheuer unter dem Einfluß der Kirche gestanden haben, oder die Leute waren sehr verzweifelt und wollten dauernd in die Kirche gehen und beten und hoffen, daß dann das Schlimmste an ihnen vorübergeht. Es heißen ja auch die Theater in Venedig nach der Kirche, in deren Nähe sie liegen, und die ganzen Stadtteile heißen nach Kirchen. Es ist eine kleine klerikale Diktatur hier noch zu spüren, die man von der Geschichte her, soweit man sie kennt, gar nicht vermutet hat. Die Dogen müssen also abhängig vom Vatikan gewesen sein. Oder die Leute waren eben wirklich sehr, sehr fromm, oder, ich muß es noch einmal sagen, sehr, sehr verzweifelt, sehr arm und fürchteten ganz entsetzlich den Tod.
Venedig war und ist geblieben eine Stadt der Kirchen. Kaufleute regierten Venedig, Priester herrschten in Venedig. Aller Lust zum

Trotz oder mit aller Lust vereint. Gotteshäuser spiegeln sich im großen Kanal, sind einmal wie zweimal da und in drei Elementen. Im Wasser, der gedämmten Erde, der Luft aus Schönheit und Gnade, die Tür ist offen. Der Herr ist gesprächsbereit. Heute wird die Stadt nicht versinken. Heute wird Venedig nicht Veneta werden. Heute. Mehr wird nicht versprochen. Der Gast wird fromm geleitet, San Marcuola, San Silvestro, San Angelo, San Tomà, San Samuele. Die Stationen der kommunalen Schiffahrt sind es. Dem Sucher Goethe fiel auf, daß die Theater nach der Kirche ihres Sprengels heißen. Nach dem Schauspiel rief das Publikum begeistert nach den Toten. Applaudierte den in der Tragödie Umgekommenen, den Erschlagenen, den Erdolchten, den Vergifteten – e morti, rief man sie heraus und dankte ihnen. Bravi e morti – das ist ein Hoch für jeden Venezianer. Das gilt ihm. Ob er schon tot ist oder sterben wird.

Wind des Lebens, Wellen des Todes

Pompe funèbre
Die Toten sind diese Stadt und ihre Geschichte, sie sind das Kunststück Venedig. Das Motorboot, belastet mit einem Toten in seinem Sarg und vielen Blumen bunt über dem Sarg, rast wie ein fröhliches Vivat über die Wellen, die es selbst ins Wasser schlägt.
Mit dem Pompe funèbre über die Lagune zur Toteninsel gefahren. Toll der Wind. Hoch geht die See, wenn da einer rüberfährt, ein Toter jetzt in seiner Gondel, und die Sache paßt ihm nicht. Er stürzt sich ins Wasser, stürzt mit dem Sarg ins Wasser, ertrinkt. Es ist ihm lieber, als dort beerdigt zu werden.
Hier der alte Witz. Man kommt zum Irrenhaus, klopft an, der Wärter brummt durch die Tür: »Was ist los? Was wollen Sie?« Und ich sage: »Ich bin verrückt.« Und dann sagt er: »Sie sind wohl verrückt!« Und schließt nicht auf.

Bescheidener Wunsch nach einer Herberge

Dieses kleine Haus, wenn man mir das bis zu meinem Tode zum Wohnen gäbe, das wäre sehr schön, und ich glaube, ich wäre glücklich. Es ist eine volkstümliche Gegend, aber ich mag sie und das Haus gefällt mir sehr.

Hier dieses Blumengeschäft mit diesen roten Blumen dahinten, ist doch schön.
Schöne Blumen in einer Großstadt sind immer eine besondere Form von Naturgenuß. Die Schönheit der Farbe, des Sommers, des Herbstes, sie kommt zwischen Häusern oder gar in Höfen, hinter Mauern, besonders ansprechend hervor. Von der Natur zur absoluten Schönheit. Man kann sie nach ästhetischen Gesetzen betrachten und freut sich wieder, ein Stadtbewohner zu sein.

Ich habe mir dann auch eine Gondel genommen und bin zu diesem Hotel, nein, das war ja kein Hotel, sondern ein Zimmer, gefahren, das ich mir hier gemietet habe. Aber diese frühe Gondelfahrt, es war noch ganz leer alles, es war wunderbar schön, und das war eine Reise eben in eine Zeit der Geschichte oder in eine Zeit, die man eben nur aus Büchern kennt und in die man sich manchmal hineingeträumt hatte, in diesem Augenblick erfüllte sich das.

Das Fenster

In einer Zeit, die nun vergangen ist, es ist lange her, da wohnte ich hier mal mit Marion. Wir hatten kein Geld, oder wir hatten wenig Geld, oder man hatte uns dies vermietet für einen Monat, zwei Zimmer hier, und wir wollten mit den Italienern leben. Das war auch sehr schön. Wir lebten mit den Italienern, aber es fing morgens um sechs schon an, da kam das Müllschiff vorbei und sammelte den Müll der Häuser ein und machte, wenn es um die Ecke kam, furchtbare Signalgeräusche. Also, wir wachten um sechs Uhr morgens auf. Und dann fingen Kinder an zu schreien, und dann wurden Kinder zur Schule vorbereitet, und es war ein tolles Leben. Manchmal waren wir verstimmt darüber, aber im Grunde war es doch schön.

Dies ist der Eingang des Hauses von damals. Wir brauchten sehr viele Schlüssel. Wir mußten erst mit einem großen Schlüssel das Eisengitter aufschließen, dann die andere Eisengittertür dahinten, und manchmal kam uns ein Hund entgegen, und erst mochte er uns nicht und bellte sehr, und dann waren wir sehr mit ihm befreundet. Als wir abzogen, lief er uns noch nach, und wir waren sehr traurig, daß wir ihn verlassen mußten. Seinen Namen habe ich vergessen.

Dieser Garten hier ist ein sehr kleines Restaurant, da haben wir öfter gegessen.

Wir haben meistens Spaghetti und einen Fisch gegessen. Wir haben hier in diesem Lokal eigentlich wenig getrunken und jetzt die vielen leeren Flaschen.
Und die Vögel, die waren auch nicht da. Sehr traurig. Warum ist man immer darauf aus, Lebendes, lebende Wesen in Käfige zu sperren?
Und dann der kleine Platz dahinten, da gab es einen kleinen Weinhändler, und der hatte sehr billigen Wein, der Wein war nicht gut, aber wir tranken ihn gerne, er schmeckte uns in diesem Sommer.
Es war viel weniger grell und viel weniger farbig und es war auch nicht »UFO 2000«. Da wäre ich wahrscheinlich gar nicht hineingegangen. Wir saßen da, und wir gingen auf die Straße mit den vielen Läden und kauften ein und aßen kalt in diesem Zimmer. Es war sehr schön. Und dann hatten wir es eines Tages satt und fanden, daß es zuviel ist. Zuviel Lärm, zuviel Nähe. Ganz plötzlich reisten wir ab, und die Wirtsleute fragten: »War es nicht

recht?« Und wir sagten: »Es war sehr recht, wir danken. Grazie. Molto grazie.« Und irgendwie waren sie verstimmt, daß wir nicht geblieben sind, und es tat uns leid.

Fische für Fans und Sadisten

Fischmarkt I

Heute bedrückt auf dem schönen malerischen so grausamen Fischmarkt. Goethe sprach von den aufgehaschten Meeresbewohnern nicht ohne Mitgefühl. Ich war einmal Schiffskoch. Ich war von der Schule weggelaufen und hatte als Küchenjunge auf einem Frachter angeheuert, und niemand glaubte, daß ich kochen kann. Ich konnte aber kochen. Das versöhnte mich mit den Leuten dort. Aber eines Tages vor Oleaborg, im Juli, in der Mitternachtssonne, hatten wir Fische gefangen, und ich sollte die Fische schlachten. Und ich weigerte mich, die Fische zu schlachten, und man war entsetzt, daß ich es nicht tun wollte. Und schließlich fand ich jemanden, der für eine Extrawurst die Fische schlachtete, und es war ein verlogener Kompromiß. Die Fische waren tot. Ich mußte sie braten. Die Besatzung aß die Fische und sagte mir, ich hätte sie gut gebraten. Und heute, hier auf dem Markt, hätte ich einem kleinen Seekrebs das Leben retten können, er war aus der Tonne gefallen, kroch herum, und ich griff nicht schnell genug zu, da hatte der Händler ihn wieder. Ich hätte ihn in das Wasser geworfen. Aber was hätte es genützt? Alle anderen Seekrebse blieben in der Tonne, einem grausamen Tod anheim gegeben. Das Leben ist kannibalisch. Wir fressen unseren Bruder, das Tier, und wenn wir schiffbrüchig sind, auf einem Floß hintreiben, werden wir uns überlegen, wen wir als ersten von unseren Gefährten schlachten. Ich mag dieses Leben nicht.

Fischmarkt II

Ich hätte Goethe begegnen können. Wir hätten uns über die Wanne gebeugt, getroffen vom überschwappenden Wasser, ein Fisch schlägt Wellen, zwei Hände packen ihn, werfen ihn auf einen Klotz, schlagen ihm ein Holz auf den Kopf, stechen ihm ein Messer in den zuckenden Leib. Der Fischmarkt und die unendlichen Seeprodukte machen mir viel Vergnügen. Ich gehe oft hinüber und beäuge die unglücklich aufgehaschten Meeresbewohner. Das Bild ist gleich geblieben. Ein flinkes Messer schneidet den Aal lebend in portionsgerechte Stücke, ein kleiner Taschenkrebs fällt aus einem wimmelnden Haufen seiner Art zu Boden, verlorene Geschöpfe.

Der Gourmet hat ein schlechtes Gewissen

Vorwurfsvolle Augen der unglücklichen, aufgehaschten Meeresbewohner, das gewohnte schlechte Gewissen im Spezialitätenrestaurant der Meeresfrüchte.

Die Republik braucht Henker

Dogenpalast
Die Republik Venedig, unsere ehrenwerte Demokratie, die Autokraten so hübsch verkleidet im Dogenpalast. Rot die Robe von Blut, das der Henker lieferte.
Im Dogenpalast nicht als Doge, nicht als Staatsinquisitor, nicht als Verfolgter, nicht als Gefangener, nicht angeklagt, nicht gerichtet, nur als einer, der nicht mehr belangt werden kann, den ich mir nicht einbilde, einer, der Geschichte nicht mehr mitmacht, wenigstens nicht hier.
Der sie betrachtet von hoher Warte, eingebildet, verbildet, klüger, die noch übleren Torheiten, meiner Tage Verfall. Heute wandelnd in der oberen Loggia, über die goldene Treppe gekommen, windgeschützt, regenbewahrt, im Schatten vor greller Sonne, Blick auf die alte Hure – San Marco. Die beiden Granatsäulen vor dem Molo, wo die Gondeln war-

ten für jedermanns Liebesfahrt auf der Lagune, wurden im Libanon gestohlen, als Beute hergeschleppt, der Architekt, der sie hochzog, aufstellte, wollte Geld sehen, richtete Tische für Glücksspiele unter die zum Himmel Strebenden. Gezinkte Karten. Der heilige Theodor, der erste Patron von Venedig, reitet hoch in der Luft, im Wind vom Meer, teichgrün in der Sonne, auf einem Krokodil. Dem biblischen Leviathan. Und wieder geschah Gerechtigkeit. Zwischen den Säulen war nun die Hinrichtungsstätte der Republik. Einem Knaben wurden der Kopf abgeschlagen. Er sollte gestohlen, das eherne Gesetz von der Heiligkeit des Eigentums verletzt haben, hatte aber, wie sich zeigte, als er tot war, nichts aus dem großen Korb der Schöpfung gegriffen. Starb mit leeren Taschen. Fiel, wie er gelebt hatte – arm. Justizia sah zu. Sah zu mit ihren verbundenen Augen. Die Dogen sahen zu. Das Volk sah zu und war trunken vor Gerechtigkeit, wie das Volk immer ist. Später wurde an selber Stelle ein Bildnis der Mutter

Gottes feierlich geweiht und mit Rosen bekränzt. Zur Sühne. Noch heute zur Sühne. Saal der Inquisitoren, Saal der Staatspolizei. Die Decke schmückt Tintorettos Heimkehr des verlorenen Sohnes. Nicht immer wurde ein Kalb geschlachtet dem Gescheiterten, der heimkam. Ihm zu Ehren. Casanova kannte die Einrichtung. Er kannte sie gut. War beobachtet, war denunziert, war verhört, war gefoltert, war verurteilt worden. Aus den Bleikammern entwischt, fand er sein Grab in Böhmen.

Casanova

In den Gassen dieser gleichnishaften Stadt kann man – breitet man die Arme aus – beidseitig die Häuser mit den Händen greifen. Man spürt hinter jeder Mauer das fremde Leben, denkt man wie lange nach menschlicher Rechnung dies schon so ist, hat man die traurigste Geschichte, den großen Roman unerfüllter Wünsche. Ein ganzes Leben im Labyrinth. Casanova war nicht nur der Häftling der Bleikammern, er war der Gefangene Venedigs, lebenslang. Er lief im Kreis in diesem Ort des Größenwahns, der Raffgier, der Hinterlist, der schönen Täuschungen, der immerwährenden Geilheit und der ewigen Hoffnung, in Verkleidungen von sich selbst erlöst zu werden. Casanova gelang dies im Alter, und mehr als anderen in erstaunlicher Weise. Er wurde Schriftsteller.

Flaubert schrieb eine Seite am Tag. In einer Gesellschaft bat man ihn – »Sie sind doch Schriftsteller« – einem Abwesenden eine Grußkarte zu schreiben. Flaubert ging in ein anderes Zimmer und blieb verschwunden. Nach drei Stunden erinnerte sich die Gesellschaft an ihn. Er saß am Tisch, die Karte vor sich und sagte: »So geht es – vielleicht.«

Auf der Karte stand: Freundliche Grüße.

Ist der Schriftsteller eine Produktionsmaschine? Mein Verleger bat mich zu einer der Buchmessen, aus einem Manuskript vorzulesen, das er als Buch schon angekündigt hatte. Ich las vor einer Versammlung von Kritikern. Sie waren sehr liebenswürdig zu mir, fast klopften sie mir auf die Schulter. Ich lief fort und wollte gut essen. In Frankfurt zur Buchmesse aber wird man gefragt: Haben Sie einen Tisch bestellt? Ich hatte nicht. Ich ging in Frankfurts Untergrund, zum Hauptbahnhof hinunter, zur Hauptwache. Da lagen damals die Gammler, die Blumenkinder, die Hascher und die Trinker. Gehörte ich zu ihnen? Ich blickte sie freundlich an, ich war ihnen fremd. Ich war schon wieder ein Beobachter. An dem Roman, aus dem ich in Frankfurt gelesen hatte, schrieb ich nicht weiter. Keine Zeile mehr. Er war entjungfert. Ich verwarf ihn. War ich in der literarischen Welt Moralist? Es ist anders. Manchmal glaube ich, mit dem Konzipieren und mit dem Anfang eines Werkes alles gesagt zu haben.

Es gibt da viele Seiten. Sie liegen da, ich vergesse sie, ich denke mir was Neues aus. So ist das.

Ich schließe mich ein. Ich schließe mich an. Wandere gemessenen Schrittes um den Platz, streng im Trapez. Am Fuß des Campanile hocken die jungen Wanderer unserer Zeit, die lieben Vaganten der Carmina Burana. Sie kauen den Kaugummi aus Chicago, wie Kühe das Heu. Ich neidete es ihnen. Sie bemerkten mich in der fünften Runde. Ich war schon groggy. Sie lachten mich aus. Wissen nicht, was ihnen bevorsteht.

Goethe und die Froschmenschen

Goethe sprach von den Froschmenschen von der Biberstadt. Und er liebte Venedig sehr. Das Wasser auf dem Markusplatz kommt nicht in Wellen von der See, es kommt aus den Gullis. Steigt herauf und ich denke mir: Es steigt, es steigt und steigt und alles verschwindet hier und ist wieder das große Wasser mit fröhlichen Fischen.

Markusplatz – kaiserliches Beilager

Napoleon, der nicht als Tourist, sondern als Eroberer nach Venedig kam, was etwas für und sehr viel gegen sich hat, fand im Markusplatz den schönsten Ballsaal Europas. Wie alle Diktatoren pfuschte er gleich der Geschichte in die Architektur, schloß den Platz zu einem Schlafzimmer von Riesenmaß, in das er das Bett seiner kleinen Körpergröße stellen wollte, um in ihm und vor aller Welt mit einer Prinzessin von Geblüt einen König zu zeugen. Gleich mit welcher Hoheit. Aber sie mußte aus altem Stamm sein. Es galt, Korsika zu verdrängen, es hieß, in Paris legitim zu sein, im Palais Royal, in Versailles, im Volk. Und doch war und blieb es die Dame Joséphine Beauharnais, angeschwemmt von der Karibik und den Gerüchen der Welteroberung, mit der er hier tanzen mochte. Im alten Ballsaal des Karnevals von Venedig. Ach, die Verkleidungen, mit denen sie hier gegangen waren, noch nicht als Napoleon, der Größenwahnsinnige, oh nein, mit Bruder Casanova im Domino und die Rattenvogelmaske vor dem Gesicht. Dreispitzbehütet, ein Mann von Ehre, den Mund zu den Raffzähnen gespitzt, immer bereit, den Freund zu verraten, dem verehrten Förderer den Dolch zu geben, ihn mit Papier und Feder zu ersticken, mitten ins Herz, mitten in seinen Kopf, zwischen seine Augen.

Das Licht vermählt die Steine mit dem Wasser

Die berühmten Paläste

Die bekannten berühmten Paläste. Sie schlummern. Die alten schönen Träume der Postkartenalben. Könige hausten hier und meinten zu herrschen. Bettler beschämten die Könige. Künstler glaubten für immer die Welt neu zu schöpfen. Verfolgte wähnten sich vom Wasser geschützt. Desdemona schrie. Othello ging in seinem schwarzen Wahn. Und einer in London, der nie in Venedig verloren war, ließ sie bis heute, zu unserem Entzükken, sich fürchten, irren, hassen, lieben und immer wieder hilflos schreien. Selten ein Licht hinter dem Märchen der düsteren Fassaden. Manchmal leuchtet eine Laterne über einer Bootslände, einem Besuch, der nicht kommt. Ich wäre gern ein Gespenst. Adresse: Cà d'Oro, Canal Grande, Venezia.

Das Volk liebt seine Spötter

Carlo Goldoni, Meister der Commedia dell'arte, Leibesdoktor, Seelenkenner, steht wohlgenährt und fest auf dem Sockel seines Denkmals, mitten in seiner Stadt. Hat Einsicht in die Geschäfte ihrer Bewohner, kennt die Menge ringsum und lacht der Vergänglichkeit.

Dieser Platz mit dem Denkmal Goldonis hat meine Liebe in der Erinnerung, diese Komödien, die doch sehr die Venezianer, so wie sie heute noch sind, erfaßt haben, durchschaut haben. Fast so eine Freudsche Durchleuchtung ihres Ehe- und Familienlebens. Aber es ist schön, sein Bild hier zu sehen, seine Figur, wie er in das Leben der Venezianer heute blickt, und vielleicht hat sich gar nicht so viel verändert. Es wird nur nicht mehr so gezeigt. Man trägt seine Komödien und sein Drama nicht so sehr auf die Straße. Man wartet, bis sie in die Zeitung kommen.

Und hier der Platz, der bestellt ist mit kleinen Kaffeehaustischen, wo ich oft morgens einen Espresso getrunken und die Zeitungen gelesen habe. Und dann doch auch Goldonis gedacht, der vielen Schauspieler, die ich gekannt habe, und der vielen Inszenierungen dieser Stücke und daß ich gerne einmal gesehen hätte, wie er damals gespielt wurde, als er lebte, entweder in den Theatern Venedigs, die auch kleine Menagerien waren. Die Schauspieler waren in Käfigen drinnen, wie in einem Raubtierkäfig. Die Zuschauer kümmerten sich wenig darum, was gespielt wurde, aber es wurde wahrscheinlich schön gespielt, denke ich mir. Die Schauspieler fanden sich zusammen und probten ein Stück, in dem sie sich selbst die Worte gaben, und Goldoni hat es dann zur Kunst der Komödie gemacht, die ja nicht nur in Venedig oder in Italien überhaupt, sondern in kunstliebenden Theatern in Europa aufgeführt wurde. In Paris wurde Goldoni viel gespielt und viel gefeiert.

Der Kanal ein Fest

Der bunte Kanal, die Lagune, das Meer. Touristen, wie sie einander und alles in kleine Kameras pressen. Ein stolzes weißes Schiff unter roter Fahne fährt Kapitalisten zu südlichen Küsten, Erholung vom Geld. Erholung von der Angst, Geld zu verlieren. Glückliche Stunde.

Über mir die vier goldenen Pferde des Heiligen. Gestohlen in Konstantinopel. Raubbeute. Kriegstribut. Orden auf die Brust der Entführer geheftet. Goethe war nicht begeistert. Fand die Rösser fromm wie Lämmer. Der Palast sprach Recht, immer ehrte und verurteilte er aus selbstherrlicher Macht. Aber er war ihm nicht fremd, der Zweifel an der Gerechtigkeit. Reliefdarstellungen rings ums regierende Haus bezeugen es. Das Urteil Salomons. Der Sündenfall. Seltsamerweise der trunkene Noah, Retter aller Kreatur und wie leicht einer strauchelt. Und da die Erzengel. Schützend und drohend, und immer wieder das Schwert.

Kirche Redentore

Als Kind, ja als Kind lebte ich bei einem Baumeister. Er hatte eine schöne Bibliothek. Prächtige Bände über die Architektur mit vielen Bildern. Der Baumeister war königlich-preußischer Baurat in Masuren. Er baute Schulen, Forsthäuser, Dorfkirchen und träumte von Vitruv und Palladio. Vitruv war ein Kriegsbaumeister des Augustus. Palladio baute Rotunden, Landhäuser, schöne Kirchen und ein antikes Theater, ganz nach dem Herzen Winckelmanns, der von Griechenland schwärmte, das er nicht kannte. Goethe liebte Palladio. Und den armen Winckelmann, der ausgezogen war, das Land der Griechen mit der Seele zu suchen, und in Triest ermordet wurde. Goethe kam oft über den Kanal, diese Kirche Redentore zu bewundern. Er betete sie an. Von draußen. Jahrelang sollte man in der Betrachtung eines solchen Werkes zubringen. Dieses Wort ist mir im Gedächtnis geblieben. Ich spielte mit der Kirche, mit ihrem Bild, in dem Palladio-Werk meines Onkels. Die Erinnerung bewegt mich mehr als das Wunder, hier zu stehen, die Kirche wirklich und an diesem Wasser zu sehen. Ich bin neugierig, ich reise gerne. Aber alles war schon im inneren Bild. In mir. Lang bevor ich verreiste, lange bevor ich hier herkam und hier stand. Ich vermute, daß Goethe hier stand, wo ich jetzt stehe, und über das Wasser blickte. Was er suchte, war ein Bild, das er als Kind gesehen hatte, in einem Buch seines Vaters. Goethe schrieb: Jahrelang sollte man in der Betrachtung eines solchen Werkes zubringen. Er ließ sich über den Kanal rudern, griff das Werk, das er so sehr liebte und lange bewundern wollte, mit Händen. Später, als er Venedig nicht mehr mochte, notierte er in sein Tagebuch: Palladio hat nur gebaut, um Adlige zu ruinieren. Er hatte dies von Italienern gehört. Ich verstehe den Sinn dieser Worte nicht. Es bewegt mich, hier zu stehen, wo Goethe stand, wo Goethe bewunderte, dieses Wasser zu sehen, diese Kirche zu sehen, der Bilder, der Bücher, der Jugend zu gedenken, dem Traum von Venedig unter einem Schimmer schöner Ewigkeit.

Relative Schönheit und Nützlichkeit von Mauern

Mauern sagen mir viel. Vielleicht weil ich bei einem Baumeister aufwuchs. Die rote Ziegelmauer eines Neubaus ist schön. Wer den frischen Mörtel riecht, freut sich auf das Haus. Der geschwärzte Mauerbruch einer Ruine erzählt den Roman vom Scheitern. Ich bin auf einer Insel. Die Mauer hier wird Tag und Nacht von der Flut angefressen. Einmal wird es sie nicht mehr geben. Selbst die Insel wird verschwinden. Ich fand hier ein Zimmer. In dem kleinen Zimmer mit dem großen Ausblick hin zum Meer hat der Dichter Ezra Pound gewohnt. Er sah in seinen Gesängen die Welt tragisch. Er glaubte an Helden, an das Schicksal, an die alten Götter des Olymp, an die Ananke, den gezwungenen Zwang. Er verachtete seine Landsleute, die Amerikaner, und täuschte sich in den Italienern. Mit Mördern glaubte er sich gegen die Spießer zu verbünden. Er schrie Haß in den Äther des Mittelmeers, und sein Wort brachte viele vor die rote Mauer der Erschießungskommandos, bis er selber dort stand. Vor der Mauer. Klein und elend vor den Gewehren, und begnadigt wurde, weil Beckett sagte: »Der Mann ist irre.«

Im Labyrinth der engen Gassen, eine Prozession von schwarzen Schirmen. Aus einem Irrgarten erreicht sie den Platz der Scuola di San Rocco und der San Rocco-Kirche. Katzen erwarten sie, als gingen sie zur Predigt. Sitzen halb versteckt unter allerlei Vorsprüngen und Gesimsen der Kirche. Ich beobachte sie, wage aber keine zu streicheln, nachdem mich vor der alten Zitadelle eine Katze gebissen hat. Die Wunde brennt noch nach Tagen. Die Hand ist geschwollen. Später traf ich die Katze noch einmal. Sie saß, wie eh und je, vor der alten Zitadelle. Rothaarig, sehr gepflegt, putzte sich, schnurrte freundlich, sah mich an. Ich machte ihr Vorhaltungen. Sie erinnerte sich an nichts.

In der Scuola di San Rocco. Düstere Säle und nachgedunkelte Bilder. Sein Museum wird Tintoretto, der hier reichen Kaufleuten fromme Bilder malte und sich in der Fron fühlte, der er nie entkam, nicht gerecht. Goethe hatte Einwände gegen den Maler. Tintorettos fliegende Menschen, seine überdehnten Gestalten des Vordergrundes erschreckten ihn. Überdies hielt er biblische Motive für die Krux der Künstler. Dann wieder störte ihn der heilige Rocco unter Verbrechern und Dirnen. Tintoretto aus dem Färberviertel Venedigs wußte es besser. Ich halte Tintoretto für den leidenschaftlichsten Maler der venezianischen Schule. Sein »Wunder der Bronzeschlange«, seine »Maria Magdalena« sind, wenn man's bedenkt, schon surreal gesehen. Seine Fruchtornamente könnten zu Klee führen.

Die Regenschirme waren nun alle in die Kirche gegangen. Nur die Katzen waren auf dem Platz geblieben. Doch hätten sie im Gotteshaus sich wohl gefühlt. Sie waren die ältesten Geschlechter der Gemeinde. Das Kirchenschiff war ringsum mit einem roten Stoff ausgeschlagen, den man üppig nennen könnte. Es brannten offen flackernde Gasflammen, es wärmten überall aufgestellte Gasstrahler, die aus Propangasbehältern gespeist wurden. Über den Andächtigen hing ein süßlicher, einlullender Geruch. Ich dachte an ein Symposium für Tote. An einen Traum der Verstorbenen vom ewigen Leben, selbst an ein Lupanar der reichen Kaufherren von San Rocco, den Antreibern des Tintoretto zu sich selbst.

Unglückliche Liebe zu einer Katze

Meine Freunde die Katzen
Hinter der Anlegestelle der Piazetta, vor den geschlossenen Gittern des Parks, warten sie auf den guten Wirt. Und er kommt, der gute Wirt. Aus allen Himmelsrichtungen. Kommt mit der Plastiktüte der Marktwirtschaft, kniet zu den schmeichelnden stolzen Wesen, breitet Nahrung und Leckerbissen für sie auf der Zeitung des Tages aus, schon veraltet die Nachricht, vergangen die Hoffnung, aufgerufen der Mensch zu neuer Jagd auf den Menschen. Müde runzlige Haut und junge rote Zungen. Die welken, liebesuchenden Hände alter Leute über dem schmeichelnden, gebuckelten, zitternden warmen Fell der Katzen, bunt, schwarz, rot, weiß, grau, gestromt. Baudelaire nannte sie der Weisheit Freunde und die Totenrosse des Hades.
Diese Katze war eine Persönlichkeit. Ich bewundere sie immer noch. Rothaarig, stolz

und sehr gepflegt. Sie hatte sich mir liebenswürdig schnurrend genähert und plötzlich in einem tollen Sprung zugebissen. Es verletzte mich. Es verletzte mich tief. Nicht die Zähne der Katze, es war Venedig, das mich verletzte. Ich bin ein Freund, ein Liebender. Es war ein Biß Venedigs, hinterhältig, verwerfend. Es war, als sagte Venedig zu mir: Geh fort.

Das Wasser mit einem Spiegel verglichen

Das Wasser mit einem Spiegel verglichen. Die Stadt liegt zu meinen Füßen. Der Spiegel ist ein Instrument der Dichter und ein Attribut des Narziß. Eine Galeere fährt aus, die Ruder wie Beine eines Riesenfüßlers tragen sie voran. Die Sklaven sind an die Ruderbänke gefesselt. Der Admiral blickt in die Sonne und denkt, er gleitet zum Ruhm. Othello war glücklich, als er nach Korfu schiffte.

Das Schreiben ist geheim

Eine Schulklasse fragte mich: »Warum schreiben Sie?« Ich sagte: »Ich weiß es nicht.« Die Antwort befriedigte weder mich noch die Kinder, die ich ernst nahm und nun enttäuschte. Das Unglück war die Wahrheit. Hätte ich lügen sollen? – Ich schreibe, um meinen Lebensunterhalt zu verdienen – um die Welt zu ändern – um alles besser zu machen – um vor Gefahren zu warnen – von Freundlichkeit zu predigen – Frieden zu fordern – Gerechtigkeit zu fordern – oder einfach, um Geschichten zu erfinden, weil es mir Spaß macht. All diese Antworten waren möglich und waren falsch. Der Schreibende stellt sich als Beobachter des Lebens mit seinen Empfindungen, seinem Entsetzen, dem mannigfaltigen Leiden, dem Mitgefühl, dem Zorn an einen archimedischen Punkt außerhalb der Menschheit. Er ist verführt, die Welt aus den Angeln zu heben, in der Gewißheit, wie aussichtslos dieses Unternehmen doch wäre. Der große amerikanische Schriftsteller Faulkner kam zur Entgegennahme des Nobelpreises schwer betrunken, torkelnd in die feierliche Versammlung. Die Hand des alten schwedischen Königs mußte ihn stützen. Es war richtig. Es war Pflicht. Es war ein schöner Versuch, den Dichter zu ehren, ein Dank, der fällig war. Aber Faulkner wußte auch, daß er nicht zu ehren war. Er hatte die furchtbaren Anstrengungen des Schreibens auf sich genommen, er wußte nicht warum.

Die blaue Stunde vor der Nacht

Wollust der toten Dichter, das Café de Paris, die erotischen Gerüche des Boulevards, der Absinth im Glas – ein Gift oder ein Aphrodisiakum. Die blaue Stunde vor der Lagune. Venedig ist am Verbleichen. Es ist eine alte Fotografie. Die Platte wurde lange belichtet. Allzu viele bewunderten das Bild. Staunende Augen fraßen es auf. Die Zeit tauchte es in die

Asphodelosblüte des Hades. Venedig vermählt sich dem Schatten. Verschwindet, wird ganz und gar zum Geist.

Was macht der neue Roman? Fragen an Gottfried Keller, Fragen an Robert Musil, Ungeduld der Verleger. Wo bleibt der zweite Band? Angst um die Vorschüsse. Ein verlorenes Konto im Haus, rote Zahlen. Der Schriftsteller mußte essen, er brauchte eine Wohnung, er kaufte eine Schreibmaschine. Er fuhr nach Venedig und schickte eine Ansichtskarte. Was man einem Anwalt zubilligt, was zu einem Kaufmann gehört, einem Arzt nötig ist, neidet jeder dem Autor.

Satt von Athen

Gabrielli Sandwirth

Wir kamen von Athen mit dem Schiff. Diesem schönen weißen Schiff mit dem Markus-Löwen am Schornstein. Der Obersteward wollte mich nicht ohne Krawatte in den Speisesaal lassen. Wir waren griechenland-müde, waren von Sonne satt und der Säulen überdrüssig und des ewigen Blickes der Götter. Wir strandeten hier. Ein müdes Hotel, ein frischer grüner Garten hinter dem Haus. Lorbeer und Orangen und rote Rosen. Marion saß in der Schaukel, die Hollywood heißt, und sie schaukelte sich von Hollywood fort. Sie war sehr schön. Noch mit dem Braun der Ägäis. Ich fotografierte sie. Schaukelnd, wie sie glücklich war. Töricht, die Zeit festzuhalten. Ich hatte keinen Film in der Kamera. Anderntags holte ich einen Film, doch es regnete nun. Wir kauften Schirme. Unter den Schirmen gab es wieder kein Bild. Es war sehr, sehr schön.

Große Einsichten sind immer gespeichert, überblenden sich dauernd. Ein immer neues Déjà-vu-Erlebnis. Wir sind fabelhaft informiert. Wir sind alles und nichts. Ein skurriles, am Ende vielleicht gottgefälliges Spiel.
Wo wir auch weilen, ich hier auf dem zugigen Deck des alten verschrammten, so schönschäbigen Vaporetto. Ein kleiner Dampfer ging in einer Nacht wie heute unter im Nebel. Die an Bord waren, ertranken. Gatten, Ernährer blieben aus. Die Mutter trat nie wieder ans Bett. Am nächsten Morgen störte es keinen. Die Schiffe schwammen weiter, die Passagiere drängten zu neuen Taten, wir allein sind die Mitte des Universums. Jeder für sich. Der einzig erkennbare Ort der Geschichte. Wir sind Erben aller Vergangenheit. Und Nachschub für die Opfer einer unbeherrschten Zukunft.

Goethe rang in Venedig mit Iphigenie. Sie wollte nicht werden. Er dachte schon an Tasso. Er reiste nach Ferrara, um Tassos Gefängnis zu sehen. Er traute seinen Augen nicht. Er fand das Gefängnis zu schäbig. Goethe war standesbewußt. Als Dichter. Als Minister. Auch verdrängte er den Verdacht, daß fürstliche Mäzene grausam sein könnten.

Die hungrigen Kellner

Kellner stehen wartend und erschöpft im Halbschlaf zwischen den unbesetzten Stühlen und Tischen hell erleuchteter Restaurants des gestorbenen Sommers. In Schaukästen ruhen der Verwesung preisgegeben im verwesenden Neonlicht die Fische, die an diesem Abend keiner essen will. Unnütz aus dem Meer gehoben. Stilleben in einer Morgue.

Der Liebende kann nicht enttäuscht werden

Nächtlicher Markusplatz

Ja, ich liebe diese Stadt. Ihr Winter kommt. Mein Winter ist da. Der Platz ist dunkel. Laternen geben ihm ein gespenstisches Licht. Ballsaal der Toten. Natürlich der reichen Toten. Über den verlassenen, einsamen, bedrohlichen Platz werden Hunde gejagt, gegeneinander gehetzt. Mit schrillen Schreien von Menschen, die sich in den Bogengängen der alten Herrschaft verbergen. Mit weit ausholenden Pfoten, fliegenden Ohren, durchmißt der Hund in Panik, preisgegeben, verraten, die tötende Strecke. Die Herren der Hunde hocken ungerührt in den Arkaden, sitzen wie hingeworfen auf den der Nacht geopferten Stühlen des Kaffeehauses. Ach, die Wiener Teemusik der Sonnentage.

Es sind Pasolinis schöne Jünglinge, die den König mimen. Ihr Charme ist brutal, handgreiflich, sexuell, wie der Meister sie gefilmt hat, bevor sie ihn ermordeten. Goethes feiler Schatz, ein verdrängtes Wesen. Einheimische Freudenmädchen ohne Freuden. Kleinbürgerliche Signoras als letzte auf Ansehen bedacht, Reputation mit langem Rock und Hüten, die an die komischen Schiffchen der Soldaten erinnern. Ein böses Omen für neue Schlachtfelder. Die Konkurrenz der jeunes filles en fleurs. Preissturz, Saisonausverkauf in Jeans und T-Shirt aus ganz Europa und Amerika. Der Schwache ist die natürliche Beute des Starken oder des Mannes, der sich für stark hält. Der Markusplatz, der prächtige Ballsaal für Tote, Hadesfarben wie auf dem Nachtprozessionsbild des Francesco Guardi, nur ganz ohne Leute, ein langgestrecktes, in seinen graden Maßen unheimliches, plötzlich einem Exerzierplatz ähnliches Rechteck. Versteckt im Eingang zur Markuskirche eine Gesellschaft junger Menschen. St. Markus bietet ihnen nun eine Höhle ohne Licht, ohne Schmuck, ohne Rot und Gold. Zigarettenrauch, Musik von einem Band, ein spirituelles Feuer, eine Melodie so depressiv wie aggressiv.

Die Reichen bauen ihre Gefängnisse

Vor dem ›Danieli‹

Am Abend kann man durch ein vergittertes Fenster in einen Salon des teuersten Hotels dieser Stadt sehen. Die Gäste sitzen dort wie in einer Menagerie. Sie sind durch die Gitter zu betrachten, wie seltene Lebewesen. Ich habe nie verstanden, daß Reiche immer mit Reichen verkehren. Schon die Gästeliste einer Soiree unserer berühmten Gastgeberin läßt auf die Langeweile der Unterhaltung schließen. Es gibt in der Bibel, die viele schöne Geschichten hat, eine besonders schöne über das Gastmahl eines Reichen, dem seine Gäste ausblieben. Da schickte er seinen Diener auf die Straße, und der lud alle Armen, die Bettler, die Obdachlosen, zu sich ein. Es wurde ein schöner Abend anregender Gespräche, und er vergaß es nie.

Dem Tod in Venedig entgangen

Den ganzen Tag in der Stadt verlaufen. Ich wollte Venedig einfangen, ich wollte es beschreiben. Jetzt bin ich hier im Mittelpunkt. In einem Kreis liegt es um mich herum. Ich stehe wie in einer Manege all dieser Herrlichkeiten. Und ich bin müde. Es fallen einem Bilder ein. Die Bilder all der vielen Maler, die Venedig gemalt haben. Die hier gestanden haben. Die versucht haben, es in Farbe einzufangen. Und die Stadt ist nicht einzufangen. Jetzt verschleiert sie sich.

Zurück ins Exil

Abreise

Der Moment der Abreise aus Venedig war immer etwas traurig und etwas nervös, und außerdem bekam man nie einen guten Zug und fürchtete die Fahrt, und man war wieder älter geworden, man war um den Aufenthalt in Venedig älter geworden.

Abfahrt. Ein Abschied, eine Flucht wie jede Abreise. Ich hinterlasse mich in Venedig. Ich bleibe hier in Venedig. Ich nehme Venedig mit mir ins Exil.

Inhalt

Hinweis auf den Film

Die Texte dieses Buches *Ich bin gern in Venedig warum* entstanden ursprünglich für einen gleichnamigen Fernsehfilm mit und über Wolfgang Koeppen, der von November 1979 bis März 1980 im Auftrag des WDR von der Filmfirma TV 2000, Wiesbaden, in Venedig produziert worden ist; Drehbuch und Regie: Ferry Radax; Redaktion: Christhart Burgmann; Erstsendung: 24. 10. 1980.

Die Bücher von Wolfgang Koeppen
im Suhrkamp Verlag

Gesammelte Werke in sechs Bänden. 1986
Herausgegeben von Marcel Reich-Ranicki
in Zusammenarbeit mit
Dagmar von Briel und Hans-Ulrich Treichel
suhrkamp taschenbuch 1774. 1990

Tauben im Gras. Das Treibhaus. Der Tod in Rom
Drei Romane. 1972
Bibliothek Suhrkamp 926. 1986

Das Treibhaus. Roman
suhrkamp taschenbuch 78. 1972
Bibliothek Suhrkamp 659. 1980

Tauben im Gras. Roman
Bibliothek Suhrkamp 393. 1974
suhrkamp taschenbuch 601. 1980

Der Tod in Rom. Roman
suhrkamp taschenbuch 241. 1975
Bibliothek Suhrkamp 914. 1986

Romanisches Café. Erzählende Prosa
suhrkamp taschenbuch 71. 1972

Nach Rußland und anderswohin. Empfindsame Reisen
suhrkamp taschenbuch 115. 1973

Jugend
Bibliothek Suhrkamp 500. 1976

Eine unglückliche Liebe
suhrkamp taschenbuch 392. 1977
Bibliothek Suhrkamp 1085. 1991

Reisen nach Frankreich
suhrkamp taschenbuch 530. 1979

Die elenden Skribenten. Aufsätze. 1981
Herausgegeben von Marcel Reich-Ranicki
suhrkamp taschenbuch 1008. 1984

Amerikafahrt
suhrkamp taschenbuch 802. 1982

Die Mauer schwankt. Roman. 1983
suhrkamp taschenbuch 1249. 1986

Angst. Erzählende Prosa
suhrkamp taschenbuch 1459. 1987

Morgenrot
edition suhrkamp 1454. 1987

Es war einmal in Masuren.
Ein Filmbuch, eingerichtet von Peter Goedel. 1991

Jakob Littners Aufzeichnungen aus einem Erdloch.
(Jüdischer Verlag im Suhrkamp Verlag) 1992

Ich bin gern in Venedig warum
1994

Über Wolfgang Koeppen
Herausgegeben von Ulrich Greiner
edition suhrkamp 864. 1976

Wolfgang Koeppen
Herausgegeben von Eckart Oelenschläger
stm. suhrkamp taschenbuch 2079. 1987